# AMOUR ET TENDRESSE,

## OU

## LES SOINS MATERNELS.

Prive des secours d'une Mère,
Que deviendroit-il ? . . . .

# AMOUR
## *et*
# TENDRESSE

ou

*Les Soins Maternels.*

## RECUEIL

De petites Scènes agréables et Familières, Gravées

*Par*

AUGUSTIN LEGRAND.

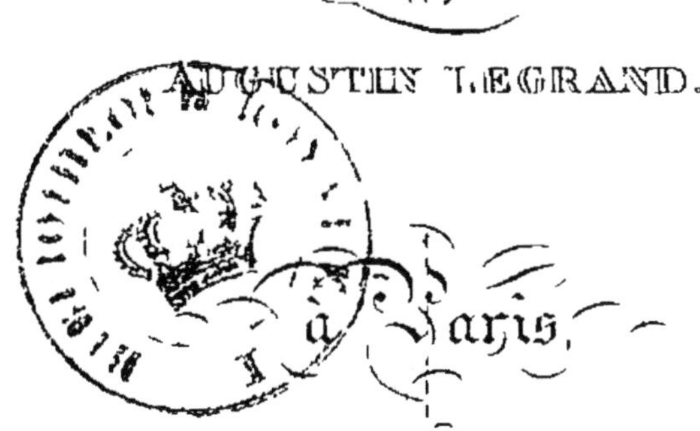

*A Paris,*

Chez ⟨ Aug<sup>tin</sup> Legrand, Rue Hautefeuille, N° 18.
      ⟨ Pelicier, Libraire, au Palais Royal

1816

# *Avis de l'Éditeur.*

J'offre au Public ce petit Ouvrage, dans l'intention de diversifier ses plaisirs, et ses cadeaux à l'époque du renouvellement de l'année. Sans doute beaucoup de jolis Almanachs ont rempli ce but jusqu'à présent ; mais beaucoup d'autres, quoique richement décorés, sont bien insignifians, et, s'ils flattent la vue, ils trompent presque toujours l'espérance des acquéreurs. Désirant ne point augmenter ce nombre, j'ai osé me mettre sur les rangs avec les premiers.

Mon dessein est d'intéresser et de plaire à tous ; et, désirant ne ressembler à aucuns de mes confrères, j'ai adopté une autre marche que la leur. Artiste et exécutant moi-même mes gravures, et souvent mes compositions, j'ai formé un petit recueil de tableaux : je les ai puisés dans la nature ; car l'homme y revient toujours , quoique le merveilleux puisse le distraire et l'amuser quelques momens. Les scènes agréables de la vie, bien qu'elles se répètent à chaque moment du jour, sont d'un tel intérêt, que celles même que le pinceau retrace avec vérité, produisent encore sur nous une émotion involontaire , soit qu'elles rappellent un souvenir, soit qu'elles fassent naître un désir.

Des tableaux seuls auraient été, ce me semble, insuffisans , et n'auraient satisfait que les yeux ; je voulais que le cœur y prît aussi quelque part. En interrogeant celui d'une femme, d'une mère et de tout ce qui l'entoure, j'acquérais la presque certitude de réussir ; je me fixai donc à ce titre : *Amour et Tendresse ; ou les Soins Maternels.*

Mes sujets choisis et restreints à un nombre raisonnable , car ma richesse était immense , je me trouvai encore bien contrarié. Je ne pouvais exprimer qu'un sentiment

dans chaque tableau ; la parole seule pou-
vait développer toutes mes pensées, il fallait
y joindre un texte. Le composer! je ne suis
point auteur, et auteur d'Almanachs!.....
Comment oser se faire annoncer et juger
par des hommes qui se connaissent en bonne
littérature? Cette pensée me fit frissonner...
Je communiquai mon embarrrs à M. C. M.,
connu par une quantité de productions
littéraires fort agréables : mes tableaux lui
parurent frais, et, d'amitié, il voulut bien
développer mes idées avec soin, les re-
tracer avec grâce, et dès-lors mon plan
me parut acquérir une consistance et un
ensemble susceptible d'intéresser les di-
vers âges de la société. Si j'ai rempli mon
but, si je réussis à procurer à mes conci-
toyens un moment de satisfaction; surtout
s'ils ne regrettent point la préférence qu'ils
m'auront accordée sur mon titre et sur le
clinquant de mon enveloppe, pour leur en
témoigner ma reconnaissance, je poursui-
vrai avec soin mon plan : car la vie, dans
toutes ses périodes, offre des scènes tou-

jours intéressantes, même lorsque l'homme de bien, entouré de ses enfans, regretté de tous les heureux qu'il a faits, la quitte sans effort, pour se reposer sur le sein de l'Eternel.

La moralité y gagnera, ainsi que le bon goût et le sentiment; et cette réunion, cet accord du peintre et du littérateur, distingueront, je l'espère, ce très-petit Ouvrage de ceux de ce genre, où tout n'est que pièces rapportées.

Si je me suis occupé ici des soins maternels, j'ai cherché aussi à me rendre agréable et utile aux jeunes demoiselles, en composant un petit Traité de la Broderie en général, sous ce titre : *La Maîtresse de Broderie.* J'y ai joint une grande quantité de dessins coloriés faciles à copier.

Cet Ouvrage se trouve à la même adresse que celui-ci.

Augustin LEGRAND.

AMOUR

# AMOUR ET TENDRESSE,

## OU

## LES SOINS MATERNELS.

Je dirai quel feu créateur
Anime la femme et l'éclaire,
Lorsqu'ouvrant son âme au bonheur,
Elle est amante, épouse et mère,

## *Dédicace*

### AUX BONNES MÈRES DE FAMILLE.

S'IL est un spectacle digne des regards
des hommes, c'est, sans contredit, celui
d'une femme livrée aux transports de la

tendresse maternelle..... Quel tableau plus pur et plus touchant !

Voyez cette mère entourée
Des enfans qu'elle a mis au jour !
Auprès d'eux son âme enivrée
Tressaille de joie et d'amour.
Avec douceur sa main légère
En flattant l'un, donne à son frère
Une étreinte contre son cœur ;
L'autre sur ses genoux s'élance ;
Son bras l'aide : un pied qu'elle avance
Sert encor de siége à sa sœur.

Où sont ces entrailles, ces cris, ces émotions puissantes de la nature ?.... Dans l'âme brûlante et passionnée des mères. Ce sont elles qui, par un mouvement aussi prompt qu'involontaire, s'élancent dans les flots pour en arracher leur enfant qui vient d'y tomber ; ce sont elles qui se précipitent à travers les flammes, pour en tirer, du milieu

d'un incendie, leur nouveau-né qui dor-
mira paisiblement dans un berceau; ce
sont elles qui, pâles, échevelées, déli-
rantes, embrassent avec transport le
corps inanimé d'un fils expirant dans
leurs bras; qui collent leurs lèvres sur
ses lèvres glacées; qui s'efforcent de ré-
chauffer par leurs larmes brûlantes ses
membres insensibles.

Ces grands exemples, ces impressions
vives, ces émotions spontanées, ces
traits déchirans qui font à-la-fois palpi-
ter nos cœurs d'admiration et de terreur,
n'ont jamais appartenu et n'appartien-
dront jamais qu'aux femmes Mères,
elles ont je ne sais quoi qui les élève au-
dessus de l'humanité, et semble encore
reculer les bornes de la nature.

Haïss' les femmes qui voudra,
Que sur elles glose l'envie,

Moi j'les défends , et je sens là
Que j'les aim'rai toute ma vie.
De qui r'cevons-nous en naissant
     La première caresse?
Qui nous inspire en grandissant
D'amour tant douce ivresse ?
Et quand j'sommes sur not' déclin ,
Qui sait de not' corps et d'not' âme
Calmer la douleur et l'chagrin ?
Nous l'savons tous.... c'est une femme.


C'est une femme : oui , sans doute ; et cent fois honneur au poète aimable qui sait nous peindre en chantant les vertus d'un sexe à qui tout doit hommage !

Pardonnez-moi, mesdames , si je résiste ici aux charmes d'une tâche aussi douce que difficile à bien remplir. Je passerai donc sous silence et l'ivresse délicieuse que vous nous inspirez alors. que l'amour est une fois venu nous enflammer ; j'aurai le courage de me taire sur ces soins si délicats , ces prévénances.

si attentives, cette sollicitude si tendre dont vous entourez notre vieillesse. A peine croirai-je pouvoir tracer une faible esquisse de vos vertus, de votre mérite, en vous considérant comme mères de famille ! A peine parviendrai-je à saisir quelques traits de ressemblance et de vérité, et j'oserais tenter de vous faire voir telles que vous êtes dans toutes les situations de votre vie ! Il vous faut un autre pinceau que le mien, une plume autrement éloquente ! !

Non, non; je vous vois arrivées au période le plus douloureux et aussi le plus délicieux de votre vie... Un enfant vient de naître pour vous; fruit de l'amour le plus tendre, des nœuds les plus saints : avec quel attendrissement ne portez-vous pas votre premier regard sur cette jolie petite créature si mignonne, si intéressante !.... Soudain des larmes, coulent de vos yeux ; vous imprimez un baiser humide sur son œil qui ne peut vous sourire encore. ... Vos flancs sont déchirés, et votre âme s'épanouit ; des douleurs inouïes vous accablent, et vous goûtez un bonheur céleste *. Mais déjà quels cris se font entendre ? .. Mère sensible ! c'est peu qu'il te doive le jour ; ton fils ne peut encore vivre sans toi. Offre-lui donc ton sein, qu'il y puise la source de son existence ; sois la dispensatrice de cette douce liqueur qui émane de sa création, qui fait partie de lui-même. Ses besoins vont bientôt se multiplier ;

---

* Les femmes ne peuvent nous donner la vie, sans s'exposer à la perdre. — Quelle naissance plus miraculeuse que celle de Marguerite d'Autriche, fille de l'empereur Maximilien, qui vint au monde après la mort de l'impératrice sa mère !.. On ouvrit le côté de la défunte, et Marguerite en fut tirée vivante. Chez les Cantabres,

le soin de ta santé sera négligé ; tu t'oublieras plus d'une fois toi-même pour ton enfant  Tantôt je te verrai rafraîchir dans une eau pure ses membres délicats, échauffés et comprimés par des langes perfides ; tantôt je te verrai, doucement penchée sur son berceau, protéger son sommeil contre l'atteinte des moindres insectes , contre l'haleine même des vents.... Tu chargeras tes genoux de ce fardeau précieux, jusqu'à ce qu'incertain sur ses petits pieds, il ait pu hasarder enfin ce premier pas tant désiré qui doit le faire tomber dans tes bras  Mais

ancien peuple de l'Hispanie , quand les femmes étaient accouchées, on rapporte qu'elles faisaient coucher leurs maris et les servaient. Si elles étaient surprises au milieu des douleurs de l'enfantement, elles mettaient leur enfant au monde, se lavaient au premier ruisseau , et retournaient à leur ouvrage.

que dis-je? ô comble du bonheur! *Jules* *
marche.... Encore quelques mois..., et il
ne lui manquera presque plus rien. Comment donc ? Il parle, il mange déjà
comme un homme.... Laissez seulement
s'écouler une année ou deux, et vous ver-
rez... Mais il faut au petit drôle un nouveau genre de vie : nos premiers regards
se tournant naturellement vers le ciel,
nous devons à Dieu nos premières pensées ; sans contredit, M. Jules apprendra de sa mère à bénir le grand maître
de nos destinées. Insensiblement viendront les redoutables leçons de lecture,
d'écriture ; leçons qui coûtent d'un côté
tant de peines et de l'autre tant de larmes.... Oui, mais aussi, après la peine

* C'est un nom que j'adopte pour désigner
l'*Enfance* en géneral. M. Jules est destiné à
jouer un très-grand rôle dans le cours de cette
bluette.

vient le plaisir... Et la musique, et les chevaux, et la promenade, n'est-ce donc rien que tout cela pour Jules ?.... Surtout la promenade : ah ! qu'elle est bienfaisante au milieu des champs, dans un pré émaillé de fleurs, dont le parfum vivifie, loin de ces grandes villes dont l'air infecté énerve les sens, dont le tumulte étourdit l'âme, qui ne laissent rien après elles que l'ennui, le dégoût et la corruption !

Bonnes mères, croyez-moi, fuyez le séjour des cités, pour vous, pour vos enfans : protégez de bonne heure leur innocence contre une contagion séduisante, contre le tableau assourdissant du grand monde. Volez aux champs : vous y trouverez le calme, la paix, le bonheur.... Là, les sens ne sont point agités, point de désirs inquiets et tumultueux ; les passions sommeillent. La

*

fraîcheur, la force, la santé y seront
d'ailleurs le partage de tous ces petits
êtres si chers, à la conservation desquels
vous faites, dès le jour de leur naissance, le sacrifice de votre santé, de
votre fortune, et même de votre existence.

De la touchante humanité
Le cœur d'une mère est l'asile ;
De la douceur, de la bonté,
-Le miel de sa bouche distille.

Femmes ! je vais essayer de parler le
langage du cœur pour m'élever jusqu'à
vous. Vous m'entendrez ; mais aurai-je
le bonheur de vous intéresser ? Puisse
au moins ma témérité me mériter votre
indulgence !

# La Nourrice.

Que d'amour, de reconnaissance
Un fils doit à tes tendres soins !
Ton lait, de sa débile enfance
Apaise les premiers besoins.

Le mot de *nourrice* paraît être, au premier coup d'œil, le synonyme de celui de *mère*, car on ne peut d'abord concevoir que d'innocentes créatures passent des flancs qui les ont portés sur des seins étrangers et mercenaires, pour y recevoir un lait souvent infecté de toutes les influences réunies de la misère et du vice. Ainsi donc, si j'aperçois une jeune femme tenant un bel enfant dans ses bras, et le nourrissant de son lait, je m'écrierai tout naturellement : « Heureuse mère ! tu « te vois revivre chaque jour dans un fils « qui fait ta joie et tes délices ; tu lui pro- « digues tes soins et ton amour, tu protéges « sa faiblesse, tu es l'objet des premières « affections de son cœur innocent. » Je me mets également à la place du joli enfant qui semble lui dire plus tard : « Tes bras ont « été mon premier berceau ; j'ai trouvé tes « mamelles pour m'allaiter, tes vêtemens « pour me couvrir, ton sein pour me ré- « chauffer, tes baisers pour me consoler, « tes caresses pour me réjouir. » Hélas! si quelques mères se privent si souvent de la douce obligation d'allaiter leurs enfans, obligation que remplissent même les bêtes féroces au fond de leurs antres ; à qui faut-il s'en prendre? A la nature, qui leur en refuse le pouvoir. Quel être assez insensé, en effet, pour supposer qu'une mère puisse voir d'un œil indifférent son enfant s'échapper de ses mains, sucer le lait d'une étrangère, alors qu'elle possède dans son propre sein la véritable nourriture qui lui était destinée, quand elle se voit forcée d'en tarir la source par des moyens artificiels ? Que d'exemples cruels et funestes ne nous offre pas, au contraire, un amour maternel mal dirigé, trop aveugle! Que de mères, aujourd'hui languissantes, épuisées, pour avoir

voulu ne confier qu'à elles-mêmes le bonheur de satisfaire aux premiers besoins d'un
enfant ! Combien d'autres ont succombé ! !
Et nous accuserons les mères d'indifférence!
On peut dire, sans doute avec raison ,
qu'une mère, qui joint à tous les avantages
de la fortune ceux d'une santé ferme et
vigoureuse, entretenue par un excellent
régime , par une vie tranquille , bien réglée , exempte de passions , est préférable à
une nourrice étrangère : mais si une mère
est, au contraire , faible , délicate , et de
nécessité livrée à un genre de vie ordinaire
aux femmes du grand monde , alors une
nourrice doit être préférée. Je suis bien loin
de me ranger à l'avis de Rousseau et d'autres écrivains plus ou moins sauvages ou
récalcitrans. Montaigne, non moins origi-
nal , est si peu disposé à souffrir des nourrices mercenaires, qu'il dit que de son temps
les femmes des environs de chez lui , qui
ne pouvaient allaiter leurs enfans , les faisaient nourrir avec le plus grand soin par
des chèvres. Ce procédé assez curieux rap-

pelle de suite l'histoire plus surprenante de Romulus qui fut allaité par une louve. Buffon n'a-t-il pas aussi connu des paysans qui n'avaient pas eu d'autres nourrices que des brebis? et ces hommes étaient tout aussi vigoureux que les autres. En Allemagne, l'allaitement artificiel est encore fort en usage; cela s'appelle élever des *enfans à l'eau*.

Mais ne perdons point de vue cependant ce que dit Platon, c'est-à-dire que les mères peuvent les premières se faire entendre de leurs enfans. C'est un des plus doux priviléges que leur ait départis la nature. Il est une vérité bien reconnue, c'est que l'enfant moule ses traits sur ceux de sa nourrice : or une nourrice étrangère a rarement la gaîté, le doux sourire d'une mère. Un enfant, élevé par sa mère, accoutume de suite son visage à ses traits gracieux; mais il en pourra être de même d'une nourrice, si l'on a le soin de la choisir gaie et de bonne mine.

Le cœur des femmes a de tout temps été reconnu comme bon, sensible, aimant... Et, dieu merci, l'histoire de tous les pays

nous offre autant de beaux traits d'amour
maternel que d'aucune autre vertu que ce
soit.... Bien entendu que je ne parle pas de
certaines hordes sauvages qui étouffent leurs
enfans dès le berceau ; je les placerais volon-
tiers au milieu des tigres et des panthères.

Une femme allaitera , n'allaitera pas son
enfant, elle n'en sera ni plus méritante, ni
plus coupable ; elle peut, dans l'un et l'autre cas, adorer également cet enfant. La délicatesse de sa constitution , l'intérêt de sa
conservation, la priveront d'une douceur
sans égale aux yeux de toutes les femmes :
faudra-t-il la punir encore d'un sacrifice
pénible qu'elle a fait à son mari, ses parens,
ses amis, à elle-même, sera-t-il bien permis
d'outrager son caractère auguste de mère ,
de blesser un cœur qui n'aura que trop souf-
fert?... Mais je m'arrête.... Je plaide une
cause gagnée depuis long-temps.

*PETIT BRÉVIAIRE à l'usage de toutes
les Nourrices.*

*Article premier.* Voulez-vous endormir

un enfant, vous le bercez... Ce balottement lui occasionne des vomissemens, aigrit et altère le lait qu'il a dans l'estomac.... Vous lui procurez de violentes tranchées.

*Art.* 2. Ne promettez jamais de friandises aux enfans pour récompense.

*Art.* 3. Ne leur accordez jamais ce qu'ils ne vous demandent qu'avec des larmes ou des cris.

*Art.* 4. Accoutumez-les de bonne heure à rester seuls dans les ténèbres, à se passer de feu, à n'être pas plus vètus en hiver qu'en été.

*Art.* 5. Faites-les coucher sur une simple paillasse, sans rideau, sans oreiller, sans bonnet, et avec une légère couverture.

*Art.* 6. Accoutumez-les de bonne heure à n'avoir point de fantaisies.

*Art.* 7. Gardez-vous de les bercer de contes de fées et de revenans.

*Art.* 8. Lavez-les tous les jours avec de l'eau froide, quelque temps qu'il fasse et dans quelque saison que ce soit.

## *Le Bain.*

« Endurcissez vos enfans , a dit Montaigne , à la sueur, au froid , au soleil et aux
hasards qu'il lui faut mépriser ; ôtez-lui
toute mollesse et délicatesse au vêtir et au
coucher, au manger et au boire ; accoutu-
mez-le à tout ; que ce ne soit pas un beau
garçon dameret , mais un garçon vert et vigoureux. » Cicéron avait déjà dit précédem-
ment qu'il faut élever les enfans d'abord
pour eux avant de les élever pour les autres.... Bien grande vérité, trop peu sentie !
Une pauvre mère, qui idolâtre son enfant ,
lui nuit souvent par l'excès même des soins
et des attentions infinis dont elle l'accable...
Que de peines , de sollicitudes pour mettre
ce joli petit être à l'abri des moindres hasards, des plus petites intempéries de l'air !..
C'est le vrai moyen d'avoir un enfant mou,
faible et délicat. Il est ensuite à remarquer

qu'elle apporte, dans sa manière de l'élever, toutes ses habitudes, qu'elle lui communique toutes ses délicatesses d'idée ou d'organisation. Ces diverses nuances dans la première éducation de chaque enfant dépendent donc de la manière de voir de chaque mère, de ses sensations personnelles. En veut-on une preuve ? Qu'on vienne à parler dans la société de diverses manières d'élever des enfans ! Soudain vous entendez s'écrier chaque jeune femme. L'une vous dira : « Ah ! certainement, je ne veux pas que mon fils soit ainsi. » Une seconde : « Je prétends élever le mien comme ça. Une autre enfin · «Eh bien, mesdames, moi, je ne pense pas du tout comme vous, et je soutiens.. » Enfin, chacune de ces mères intéressantes se fera son mode d'éducation à part ; et ne nous abusons pas.... les impressions que les enfans reçoivent dès le berceau sont les plus durables.... On en pourrait, je crois, déduire le motif de toutes ces nuances d'habitude qui, plus tard, distinguent chaque enfant

La Fable nous raconte que Thétis, pour rendre son fils invulnérable, le plongea, lors de sa naissance, dans l'eau du Styx. Je vais dévoiler aux dames le véritable sens de cette fiction. C'est comme si la Fable nous avait dit : «Rien de plus nécessaire à l'existence d'un enfant que l'eau.» Oui, mais de quelle eau Thétis veut-elle parler? Laissons-la s'exprimer encore : « Dès le lendemain de sa naissance, lavez-le... Baignez-le, non dans des eaux tiédes qui affaibliraient sa transpiration, amolliraient ses membres délicats, mais dans des seaux d'eau (on n'a par toujours là un Styx tout prêt à vous recevoir), ou mieux dans des bassins de fontaines, dans les rivières : vous les rendrez invulnérables ; en d'autres termes, vous lui assurerez une santé ferme et robuste ; vous le rendrez insensible aux plus vives impressions de l'air. » Les enfans pleurent d'abord pendant quelques jours ; cela n'est pas douteux.... Mais insensiblement vous les voyez s'accoutumer à cette petite opération, qui devient bientôt un plaisir pour eux.... On en peut juger par la gaîté qui se peint sur leur visage.

Mais cette obligation de bains froids est bien particulièrement rigoureuse pour les pieds des jeunes enfans qu'il faut laver tous les jours, en ayant le soin de leur donner des souliers si minces, que l'eau passe à travers dès qu'ils la touchent.

Arrêtons-nous un peu. Je crois déjà voir nos dames frissonner, en se figurant un petit innocent tout nu au beau milieu d'une eau froide... Quel affreux usage ! j'en frissonne moi-même ; plus d'une croira presque entendre déjà ses cris lamentables, et son cœur attendri n'y pourra résister. Je leur prépare donc innocemment de nouvelles angoisses, si j'ose leur dire que les Américains vont laver, au premier ruisseau qui se trouve à leur portée, leurs enfans au moment de leur naissance, et tous les jours régulièrement, de la tête aux pieds. Si j'ajoute que les peuples du Pérou, les Scythes, les Celtes et les anciens Germains, peuples qui ne nous valaient peut-être pas du côté du luxe, de la politesse et de l'urbanité, mais qui, sans contredit, étaient plus forts, plus robustes et mieux portans que ne l'est la génération présente, si j'ajoute, dis-je, que ces peuples plongeaient le corps de leurs enfans dans l'eau froide, même dans le fort de l'hiver; qu'ils ne croyaient pas que cette eau froide, mêlée de glaçons, pût leur faire le moindre mal. Les Lapons font mieux encore; ils laissent paisiblement leurs enfans dans la neige, jusqu'à ce que le froid les saisisse au point d'arrêter leur transpiration.

Mais comme les Lapons peuvent ne paraître pas d'aimables gens à ces dames, je les entretiendrai de Sénèque et d'Horace, deux personnages qu'elles connaissent sans doute; le premier, par son mépris plaisant pour les richesses ( lorsqu'il nageait dans l'abondance ); le second, par son aimable galanterie et son amour pour le vin et les belles : tous deux n'avaient-ils pas coutume de se baigner dans l eau froide, même au fort de l'hiver? Mais je leur citerai un trait qui paraîtra plus bizarre que tous les autres;

c'est celui de Pierre le Grand. Pour endurcir les enfans de ses matelots, ne s'avisat-il pas de vouloir qu'ils ne bussent que de l'eau de mer? L'essai était par trop ridicule; ils périrent tous.

Il y a une autre sorte de bains plus récens, appelés *bains d'air*, dont l'effet est salutaire.

Pour en revenir à l'usage des bains froids, Rousseau, que je pourrai difficilement me dispenser de citer, conseille d'abord l'usage de l'eau tiéde pour les enfans énervés par la mollesse des père et mère, apportant au monde un tempérament très-faible. « A mesure qu'ils se renforcent, ajoute-t-il, diminuez par degrés la tiédeur de l'eau, jusqu'à ce qu'enfin vous puissiez le laver en hiver à l'eau froide, même glacée. Il y a mieux ; ce sont précisément les enfans faibles qui ont le plus grand besoin d'être baignés à l'eau froide. »

# *Le Berceau.*

Heureux l'enfant nourri dans les champs ! Pendant les chaleurs d'un été brûlant, son berceau sera placé sur d'épais tapis de verdure, où des branches parfumées de lilas viendront mollement se balancer sur ses lèvres de rose. Il s'endormira aux accens mélodieux des habitans des airs, qui viendront chanter familièrement leurs amours autour de son berceau, au doux gazouillement d'un ruisseau voisin, au léger frémissement des feuilles, au murmure délicieux des vents du bocage...Voyez ce petit Amour ! comme son sommeil est calme... Il semble sourire à toute la nature. Dès qu'il s'éveille, mille objets riants frappent ses yeux ; des milliers de papillons viennent promener autour de lui leurs ailes bigarrées ; partout il n'aperçoit que des fleurs éclatantes, dont le doux parfum épa-

nouit son âme ; de tous côtés sa petite main
ne touche que des fruits savoureux.... Le
chant des oiseaux l'égaye , et le bêlement
lointain des agneaux , qui distrait son attention , le plonge dans de petites rêveries.
Voilà le sommeil de l'enfant des champs.
Voyons maintenant celui de l'enfant de la
ville. Plus d'oiseaux , plus de lilas , de bocage , de fleurs , de ruisseaux, de papillons,
et surtout d'air pur et vivifiant ; nous voilà
transportés au milieu d'une chambre souvent obscure ( les demi-jours sont plus que
jamais à la mode ), presque toujours obli-
quement fermée ( en été , nous craignons la
chaleur ; en hiver, le froid ). Dans l'embrasure d'une cheminée , et près d'une alcôve
élégante , j'aperçois un berceau , sur lequel
une jeune femme paraît penchée ; tout ce
qui l'entoure lui devient indifférent. Que de
peines ne prend-elle point pour assoupir
cette petite créature ! c'est une fille. Depuis
une heure elle la berce , sans être encore
parvenue à l'endormir... Le séjour des
villes , si funeste au sommeil du jeune

homme et du vieillard , étendrait-il sa peste jusque sur le berceau de l'enfance ? Il faut employer aussi l'artifice, pour qu'elle ferme sa paupière... Dans les villes , tous les besoins sont donc de commande ,  tous les plaisirs forcés. Mais cette tendre mère parle à sa fille assoupie... Ecoutons-la.

> « Berce , berce-toi , ma petite ; »
> Ne se berce pas qui veut.

> Le temps , qui fuit avec vitesse ,
> Emporte nos maux , nos plaisirs.
> « Berce , berce-toi , ma petite ; »
> Ne se berce pas qui veut.

> De ton bonheur ta mère heureuse
> Se dit tout bas, en souriant :
> « Berce , berce-toi, ma petite ; »
> Ne se berce pas qui veut.

> Le vrai bonheur est de ton âge ;
> Je ne te dirai pas toujours :
> « Berce , berce-toi , ma petite ; »
> Ne se berce pas qui veut.

Plus tard tes peines seront vives ;
Plus tard, pourras-tu te bercer ?
« Berce, berce-toi, ma petite ; »
Ne se berce pas qui veut.

Quelle douce mélancolie dans les traits
de cette femme ! quelle philosophie dans ses
paroles !... Et, mère sensible , c'est à l'être
qui voit à peine le jour, que tu retraces déjà
la triste image de l'avenir qui l'attend !
digne effet du spectacle des villes.... Aux
champs, les pensées sont plus riantes : l'a-
venir s'y embellit de l'aspect des roses dont
nos yeux sont charmés, dont nous respi-
rons le parfum, de l'allégresse et de la douce
paix des êtres qui nous entourent.

Mais j'en viens à un article encore plus
délicat que celui du sommeil ; c'est la forme
du berceau des enfans. D'abord, parler de
maillot, c'est présenter à l'imagination une
faible créature, qui, à l'instant même de
jouir de la liberté, de mouvoir, d'étendre
ses petits membres, se trouve avoir la tête
fixée, les jambes allongées, les bras pendans

et serrés contre le corps , entourés de linge
et de bandes qui lui interdisent l'usage de
ses membres. Affranchissons désormais nos
enfans de toutes ces ligatures , de toutes ces
douloureuses entraves , dont jusqu'ici nous
nous sommes servi pour les défigurer et les
énerver. Chez les Grecs modernes , les Ja-
ponais , les Indiens et tous les Sauvages de
la partie méridionale de l'Amérique , l'usage
des maillots est inconnu. Chez les Caraïbes ,
c'est bien pis encore ; les enfans sont mis
dans un petit hamac , sur de la sciure de
bois , et recouverts d'une chaude fourrure ;
et ils croissent , et ils viennent à merveille.
Mais voilà , très-sérieusement , le conseil le
plus sage que l'on puisse donner à des Fran-
çaises , à de bonnes mères de famille : c'est
de prendre une petite boîte de bois très-
mince , ou un petit berceau d'osier fait en
forme d'auge , long de 26 pouces et large
de 12 , profond de 4 , étroit du bas ; de le
garnir de vermoulure de son ou de paille
battue ; de recouvrir l'enfant d'un linge fin ,
et par-dessus de fourrures , telle qu'une

3.

peau de mouton bien propre ; de mettre au bas du berceau quelque attache des deux côtés, pour *le fixer dans le lit de la mère :* par ce moyen, ce berceau permet à l'enfant, pendant le premier mois de sa naissance, de recevoir la chaleur fortifiante de sa mère. Les enfans ainsi élevés sont beaucoup plus beaux, plus fermes et plus forts que tous les autres du même âge.

# *L'Ange volant.*

Mais voyez donc ce petit marmot sur le dos de sa mère? Quel air gai et triomphant! Ivre d'un fardeau si précieux, la pauvre mère hasarde quelques pas : soudain notre petit drôle, semblable à certaine mouche du coche, se lève, se baisse, s'écrie ; il agite ses bras et ses pieds pour précipiter la marche de sa mère ; il accuse sa lenteur. Le beau cavalier ! qui n'est pas seulement capable d'aller tout seul encore au garde-manger ; Monsieur Jules, mon bon ami, pour commander et faire ainsi le maître, attendez au moins que vous soyez homme .. Mais tandis que notre enfant s'ébat sans savoir qu'il peut échapper aux mains de sa bonne mère, voyez celle-ci, inquiète, épier tous ses petits mouvemens, le serrer contre elle... Ce petit jeu plaît beaucoup à monsieur Jules, mais il n'est pas du tout du goût de sa mère...

Cependant elle s'y prête : peut-elle lui re-
fuser quelque chose?.... elle est mère....
Témoin aussi ce bon Henri IV.

Henri le Grand, qui régna sur la France,
    Sur son dos, à califourchon,
Marchant des pieds, des mains, avait la complaisance
De promener un jour son fils dans son salon.
    Monsieur l'ambassadeur d'Espagne
    Fut subitement introduit,
    Et vit cette belle campagne.
    Sans se troubler, le roi s'instruit,
    Même en restant toujours par terre,
    S'il a le bonheur d'être père.
L'ambassadeur répond : «J'en rends grâces à Dieu.
—Fort bien, reprit le roi ; poursuivons notre jeu.»

Les anciens Péruviens et de petits Nègres
embrassent l'une des hanches de leurs mères
avec leurs genoux et leurs pieds, et, par ce
moyen, les serrent assez bien pour s'y pouvoir soutenir, et s'attacher à la mamelle
avec leurs mains

# Le premier pas.

A l'enfance, faible et timide,
Prodiguant ses soins caressans,
Une femme devient le guide
De ses pas encor chancelans;
Et lorsque vient l'hiver de l'âge,
De fleurs semant notre chemin,
Pour achever notre voyage,
Elle nous donne encor la main.

Avec quel délice une mère ne tend-elle pas ses jolis bras à son enfant! Combien n'est-elle pas ravie de lui voir fouler, pour la première fois, le gazon des prairies! En attendant qu'elle puisse répondre à tous ses naïfs *pourquoi*, quelle douceur de presser chaque jour, contre son sein, ce fruit de l'amour le plus tendre!.. Rien de plus intéressant, en effet, que de suivre les premiers développemens des facultés intellectuelles

d'un enfant... Voyez-vous ce petit bambin !
Il est âgé de quinze mois à peine... il marche seul depuis quinze jours environ. Qui
ne devinera cette première prouesse, à la
satisfaction peinte sur sa figure gentille? Il
est déjà fier... Essayez donc maintenant de
l'aider à marcher, vous allez voir comme
il va vous fuir.... C'est là le premier instinct de notre indépendance : ne vous y
trompez pas ; à peine monsieur Jules com-
mencera-t-il à avoir le sentiment de se
volonté, qu'il ne voudra plus qu'on la
guide...Ma foi! à l'âge et à la taille près, nous
sommes, sur ce chapitre, presque tous des
enfans.

Le meilleur de tous les exercices pour
des enfans est celui qu'ils prennent eux-
mêmes ; laissons-leur la liberté de s'ébat-
tre, de se traîner, de marcher, de courir.
Au lieu de comprimer leurs enfans dans des
maillots, il serait à désirer que les dames
leur donnassent, dès l'instant de leur naissance, une chemise, une brassière, une
couche et un lange, le tout de toile ou de

futaine, attaché sans être serres, avec des cordons ; qu elles les plaçassent insensiblement, pendant quelques heures, sur un tapis ou drap de lit étendu par terre, nus de la ceinture en bas comme les Américains, ou en veste et culotte de toile, comme les enfans d'Irlande. Alors dans ce petit costume, favorable à leur développement, nos marmots, en pleine liberté, en pleine jouissance de leurs membres, à force de se traîner, de se rouler, de s'agiter, acquierront en peu de temps une agilité singulière. Voyez Jules marcher à quatre pates ; s'il peut joindre une chaise, il ne manquera pas de s'y cramponner : bientôt il parviendra, après mille petits essais infructueux, à se soutenir sur ses jambes, à quitter ensuite un meuble pour s'attacher à un autre, et enfin à marcher. Les Maltais, sur leurs rochers brûlans, font, depuis la mamelle jusqu'à l'âge de dix ans, aller leurs enfans tout nus, sans chemises, ni calçons, ni bonnets. Lycurgue voulait pareillement que les filles, dès leur tendre enfance, endurcissent leurs corps en s'exerçant à courir, lutter, lancer des traits, pour les mettre à même, dit Amyot, de supporter plus tard d'autres fatigues et douleurs. Il n'en est point de même dans le Groënland ; les filles sont élevées sur des peaux de faon, pour qu'elles en prennent la douceur et la timidité, tandis que les enfans mâles, au contraire, ont pour lits des peaux de panthères, afin qu'elles leur communiquent, dit-on, la force et l'agilité de cet animal sauvage.

# La Prière.

Monsieur Jules, venez ici... Vous êtes levé depuis un quart-d'heure ; vous m'avez donné le baiser du matin... c'est très-bien .. Mais croyez-vous avoir rempli tous vos devoirs de cette matinée ?.. Ne vous ai-je pas dit ce que vous aviez d'abord à faire chaque jour en ouvrant les yeux ?... Vous rougissez... Allons, pour cette fois, je ne vous gronderai pas bien fort ; mais qu'il ne vous arrive plus à l'avenir d'oublier de prier le bon Dieu. .. Approchez un peu. Qu'est-ce que la prière ? — C'est l'union de notre âme avec le bon Dieu , quand nous l'adorons , ou que nous lui demandons quelque chose. — Bien : pourquoi l'adorez-vous ? — Parce qu'il est le père de tous les hommes ; que, sans Dieu, je n'aurais ni papa, ni maman, et que je ne pourrais, sans lui, être maintenant dans vos bras ( *On embrasse ici*

4

*M. Jules*). — Eh! que demandez-vous tous les matins au bon Dieu, en faisant votre prière? — De conserver les jours et la santé de mon bon papa et de ma bonne maman. — Est-ce là tout? — Je lui demande encore de me rendre toujours sage, studieux et obéissant. — C'est très-bien, mon bon ami (*second baiser*); faisons à-présent notre prière : allons.... le signe de la croix.... — Notre père qui est aux cieux. ... Pourquoi dites-vous *qui est aux cieux?* — Parce que cela doit suffire à notre curiosité... Nous ne saurions reconnaître un homme à cent pas, et nous ne pouvons de si loin reconnaître toute la majesté de Dieu. — Jules a bientôt fait sa petite prière; il embrasse sa mère, et va s'échapper de ses bras. — Tu n'oublieras donc plus de prier soir et matin le bon Dieu; tu feras bien, mon ami, car si tu lui dois tout, tu dois donc l'aimer par-dessus toute chose.

Je suis persuadé que Jules n'oubliera pas la leçon que vient de lui donner sa bonne mère. ... Il existe pourtant des mères qui

négligent ce pieux devoir. « Aurait-on besoin, dit Bacon, de faire tant de lois, si des
parens avaient toujours la précaution de
former les mœurs de l'enfance ? » Eh ! comment est-ce qu'on forme les mœurs de l'enfance ? C'est d'abord en lui inspirant la
crainte et l'amour de Dieu, en ayant soin
d'ailleurs que les premières paroles qui frappent son oreille, et qu'elle bégayera bientôt,
n'aient rien de commun, de grossier, et surtout que les gens qui l'entourent et l'appro-
chent soient vertueux. N'imitons pas ces
singuliers Spartiates, qui, pour donner aux
jeunes gens plus de finesse à la guerre, leur
permettaient le vol dans leur enfance*. N'a-
chetons jamais une vertu par un crime.

Je vais, du reste, rapporter une petite
anecdote qui prouvera que tous les enfans
n'ont pas d'éloignement pour les exercices
de piété. Dès l'âge de sept à huit ans, Bos-
suet récitait déjà des sermons qu'il apprenait par cœur ; il les prononçait de fort

* Le même usage était établi chez les Crétois.

bonne grâce. Un jour qu'il prêchait chez la marquise de Rambouillet, entre onze heures et minuit, Voiture dit : « Je n'ai jamais entendu prêcher ni si tôt, ni si tard. » Voici un nouveau trait d'esprit et de piété fort intéressant. M. de Châteauneuf est, à l'âge de neuf ans, présenté à un évêque qui lui dit : « Mon ami, dites-moi où est Dieu, je vous donnerai une orange. — Monseigneur, reprend vivement l'enfant, dites-moi où il n'est pas, je vous en donnerai deux. »

Combien d'autres traits plus ou moins recommandables ne pourrais-je citer encore, si je voulais mettre à contribution les annales de la vertu et de la piété !

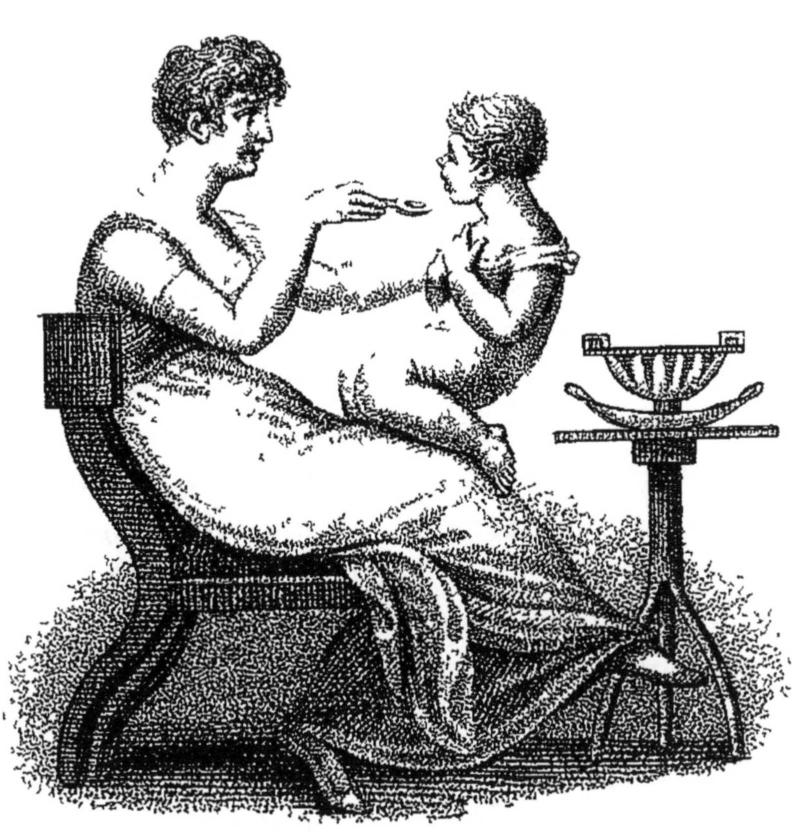

# Le Dîner.

Fi ! que c'est vilain, M. Jules, d'être
ainsi gourmand.... A peine attendez-vous
qu'on vous serve ; vous mangez.... comme
un petit glouton. — Ah ! ah ! vous vous êtes
brûlé ; je vois cela à la petite grimace que
vous faites : eh bien ! j'en suis fort aise....
cela vous apprendra une autre fois à ne pas
me donner le temps de souffler votre soupe.
Si vous montrez déjà de si vilaines dispositions à la gourmandise, que ferez-vous
donc, lorsqu'enfin vous serez assez grand
garçon pour dîner à table avec papa et maman. Je m'aperçois, du reste, que vous
n'avez pas très-bonne mémoire . ne vous
souvient-il plus de ce petit Emilien, sur-
nommé *le modèle de l'enfance*, qui, voyant
un paravent orné de figures chinoises, s'ima-
ginait que c'était des êtres vivans, et leur
adressa ces paroles, en leur présentant son

lait : « Tiens, nanan, prends nanan. »
Quant à vous, je ne vous ai jamais vu,
Dieu merci, rien offrir de tout ce qu'on
vous donne. Avez-vous un gâteau, vous le
mangez tout seul. Hier encore, la porte de
ma chambre était fermée tout contre ; vous
la poussez, et me montrez, d'un air triomphant, un gros biscuit que votre tante vous
avait donné. « Nanan, nanan », disiez-vous.
Je vous en demande aussitôt...... vous me
tournez le dos... Passe encore pour la gourmandise, mais si vous mangiez proprement.
J'ai beau vous dire sans cesse : « Essuyez
donc vos doigts, prenez bien garde de vous
tacher ; car rien n'est plus laid, en vérité,
qu'un petit garçon malpropre. Eh bien !
vous jouez au lieu de m'écouter.... Vous
savez qu'Adélaïde de Montreuil mangeait,
dès l'âge de dix mois, aussi proprement à
table qu'une grande personne ; la plus petite
tache qu'elle apercevait à sa robe la rendait
malade : elle n'aurait point mangé, quelque
faim qu'elle eût, si on lui avait refusé une
assiette blanche... Et vous, cependant, vous

n'avez point de honte de manger avec vos doigts, de remplir votre robe de taches , et surtout de gesticuler sans cesse en mangeant. (Ici Jules fait la moue , baisse la tête et s'en va tristement se blottir dans l'embrasure d'une croisée; la maman, adoucissant le ton de sa voix, reprend en ces termes . ) Qu'est-ce que je vois, Jules, tu boudes ?... Allons donc , venez , monsieur, embrasser votre maman. (Notre boudeur revient tout piteux et un doigt dans la bouche.) Asseyez-vous là. ( On le place sur sa petite chaise. ) Maintenant, que vous êtes déjà presqu'un homme (à ce mot d'homme, Jules lève soudain la tête, et semble vouloir lire dans les yeux de sa mère le cas qu'il doit faire d'une si glorieuse épithète ), il faut qu'on vous parle raison : je vous ai dit qu'un jour viendrait où vous dîneriez à la table de votre papa et de votre maman; c'est alors qu'il faudra que vous soyez sage, que vous ne demandiez jamais à manger, quoiqu'on vous oublie : n'imitez jamais ces enfans dont je vais vous conter l'histoire :

« Papa, disait l'un, je vous prie de me donner du sel. — Et pourquoi faire? — Pour saler
la viande que vous allez me donner. » Un
autre mauvais sujet s'avisait de chanter dans
le même cas : « Je ne demande rien ; on ne
me donne rien. » — On ne chante pas à table, dit la maman. — La chanson recom-
mence ; enfin la ruse est devinée : les ma-
mans sont si bonnes, qu'on lui pardonna. »

Pour ajouter à la narration de la mère de
Jules, je citerai une boutade assez risible.
Un jour, à dîner, dans une compagnie nom-
breuse, un enfant se présente pour s'asseoir
à table. « Que faites-vous donc, monsieur ?
dit le père. Pour manger avec nous, vous
avez la barbe trop courte. » Honteux et chagrin, notre bambin se retire... On lui dresse
donc sa petite table à part ; d'aventure, un
gros angora tente de dérober à notre soli-
taire quelque friandise ; celui-ci perd enfin
patience ; et lui donnant de toute sa force
un coup de cuiller sur la tête : « Allez, lui
dit-il, manger avec papa, vous avez la
barbe assez longue. »

# La Leçon d'Écriture.

Voyez-vous cette jeune mère, conduisant les petits doigts de son enfant; c'est la deuxième leçon d'écriture qu'elle lui donne. Notre marmot respire à peine; sa petite main, presque fermée, est levée et baissée alternativement sur le papier. Quelles nobles idées ce spectacle, en lui-même bien innocent, ne fait-il pas naître! Rousseau a dit avec vérité, que la première éducation des enfans appartient de droit aux femmes. Qui mieux qu'elles peut avoir le doux privilége de se faire entendre de l'enfance! Aussi a-t-on observé que les hommes qui ont été instruits par des dames, sont plus vertueux, plus savans, plus polis, et que la plupart ont été des héros. Ce fut la mère de Sertorius qui prit soin de son éducation; Mammée, mère d'Alexandre Sévère, inspira à son fils les sentimens de justice et de dou-

ceur avec lesquels il gouverna l'empire ;
Catherine de Portugal, duchesse de Bragance, fit elle-même l'éducation de ses enfans ; la célèbre marquise de Lambert donna des leçons admirables de conduite à son fils et à sa fille. Chez les Hottentots, les femmes élèvent les garçons jusqu'à l'âge de puberté, époque où ils entrent dans la société des hommes. Mais, par exemple, ces messieurs ont alors une manière assez bizarre de remercier leurs mères des soins qu'elles ont pris de leur enfance. Ils saisissent la première occasion de retourner à la hutte maternelle, et les battent comme plâtre... pour leur faire, dit-on, sentir qu'ils ne sont plus en leur pouvoir.

Je reviens à notre leçon d'écriture. Qu'un enfant voie écrire, il a tout de suite la plume à la main : le moindre bout de papier qu'il peut trouver, il le saisit avec avidité et griffonne soudain, soit des lettres qui ne ressemblent à rien, ou bien des maisonnettes sans toit ou rez-de-chaussée. Qu'est-ce que cela prouve ? c'est, qu'avide de sentir

et de voir, comme dit Cabanis, son petit
instinct lui fait prendre toutes les attitudes,
dirige son attention vers tous les objets, que
ses idées se développent de moment en moment. Zénon regarde l'homme qui vient au
monde comme une table rase, sur laquelle
les objets se dessinent successivement. Il
importe donc, pour me servir des expres-
sions de Fénélon, de ne verser dans le ré-
servoir que des choses exquises. Aussi sera-
t-il prouvé, qu'un être bien organisé ac-
quiert plus dans les trois premières années
de son enfance que dans trente ans quelcon-
ques du reste de sa vie. Ainsi Montcalm, à
quatre ans, lisait le grec et le français ; le
célèbre Beauchâteau écrivait passablement
dès l'âge de cinq ans ; le fils d'un pasteur al-
lemand, nommé Baratier, parlait latin à
trois ans ; Marini soutenait, à sept ans, des
thèses sur la théologie, la jurisprudence et
la médecine ; à huit ans, Grotius composait
des vers latins ; à dix ans, de la Rovère, de
Turin, avait déjà fait paraître un recueil de
ses poésies, qui fut réimprimé cent quarante

ans après. Je citerai un dernier trait bien plus merveilleux encore. Pic de la Mirandole connaissait, à seize ans, vingt-deux langues. C'est de lui, par parenthèse, qu'on cite cette réplique. Il avait neuf ans, alors que quelqu'un dit devant lui : «Lorsque les enfans ont tant d'esprit dans leur jeunesse, ils deviennent stupides dans un âge avancé. » — «En ce cas, » reprit Pic, «vous aviez donc beaucoup d'esprit quand vous étiez jeune.» Mais, par exemple, qui croirait qu'Octave fit, à douze ans, l'oraison funèbre de Julie son aïeule; que Tibère avait neuf ans quand il fit celle de son père; et qu'enfin, Caligula était en jaquettes, lorsqu'il composa celle de Livie !

Les enfans sont, comme on le voit, capables de grandes choses ; le tout dépend souvent des parens. Platon a dit : «Ne gênez pas des enfans : dans les leçons que vous leur donnez, faites ensorte qu'ils s'instruisent en riant; par là vous serez à même de connaître leurs talens.» Cette étude essentielle des dispositions d'un enfant, sur laquelle on se montre trop indifférent, excita cependant la sollicitude de quelques grands personnages qui nous valaient bien. Dirai-je qu'Auguste, le maître du monde, enseigna lui-même à écrire à ses petits-fils? que le vieux Caton le Censeur prenait un soin particulier pour élever son fils; qu'il composa tout exprès pour lui, et écrivit de sa propre main, en gros caractères, de belles histoires, afin que son enfant, dès le plus bas âge, fût en état, sans sortir de la maison paternelle, de faire connaissance avec les grands hommes de son pays?

Quand des hommes aussi illustres ne dédaignaient pas de surveiller eux-mêmes les premiers pas de leurs enfans, qu'ils se faisaient de cette pénible étude, en quelque sorte, une jouissance, par quelle malheureuse fatalité ( il faut l'avouer ) la plupart des pères et mères abandonnent-ils de nos jours à des étrangers un soin si cher, une surveillance aussi douce…. Qu'on ne s'y trompe pas : les premiers petits jets de l'imagination de l'enfance demandent un coup d'œil exercé, une méditation profonde, pour être justement appréciés à leur juste valeur. Qui peut avoir plus d'intérêt qu'un père à deviner, par les petites inclinations innocentes de son enfant, ce qu'il pourra être un jour, s'il le suit pas à pas, s'il l'observe et le dirige avec prudence? Obligé de partager ses soins entre mille autres petits êtres qui réclament tous une égale attention, un guide étranger se trouve dans l'incapacité physique de remplir dignement les fonctions d'un père instituteur, et de suppléer à son indifférence.

# La Leçon de Musique.

Qu'est-ce que la musique ? l'art de combiner des sons. Le chant est aussi naturel à l'homme que la parole ; aussi le retrouvet-on chez tous les peuples, même les plus sauvages. Un grand avantage de la musique pour les anciens, était d'adoucir les mœurs, d'humaniser des barbares, en excitant ou en réprimant leurs passions. Elle convenait donc parfaitement aux Arcadiens, qui habitaient un pays froid et triste : aussi les habitans du Cynète, qui méprisaient la musique, surpassèrent-ils tous les Grecs en cruauté. A propos des Grecs, je dois à la justice de dire que ce sont eux qui l'ont portée à un plus haut degré de perfection. Achille l'avait apprise dès son enfance ; à Athènes, on l'apprenait aux enfans avec les lettres de l'alphabet : aussi peut-on dire que les Grecs étaient un peuple de musiciens. Il est curieux de rapporter la première origine des instrumens. Un beau jour, Pythagore se promenant entendit des forgerons qui battaient, à grands coups de marteau, un fer chaud, sur l'enclume. Il remarqua que les coups formaient des accords. Curieux de découvrir la cause de cette singularité, il entre dans la forge, prend les marteaux, et reconnaît que la différence des sons provient de la différence de leurs poids  Ce philosophe travaille alors, réfléchit, combine, et, soudain, voilà une espèce de lyre inventée. Quant à la harpe, son origine date de bien loin. David en jouait pour chanter les louanges du Seigneur. Elle fut connue des Egyptiens. Les Romains s'en servaient dans leurs sacrifices. Les Grecs faisaient usage d'une harpe d'ivoire; enfin, elle fut très-commune aux temps de la chevalerie. Ce sont, aujourd'hui, les Irlandais qui tirent de cet instrument les sons les plus doux et les plus harmonieux. Mais c'est assez parler d'antiquités.... Quels sons viennent de frapper mon oreille!... Je dis-

tingue une harpe... Eh ! oui dà ! encore un
tête-à-tête ! Une bonne mère ne peut donc
se séparer de son enfant!.... Mais on chante... c'est elle... Ecoutons.

> Il était un jour un enfant,
> Boudeur, paresseux et colère,
> Et surtout désobéissant
> Aux ordres de sa bonne mère.

— Jules, connais-tu ce petit enfant-là ?

> Enfin lasse de se fâcher,
> Elle dicte un arrêt sévère :
> « Il ira tous les soirs coucher
> « Sans avoir embrassé sa mère. »

(Ici une des petites mains de Jules tombe
de l'instrument.)

> Un tel châtiment est bien dur ;
> Peu de jours on en fit usage.
> Ah ! c'est le moyen le plus sûr
> De rendre un enfant doux et sage !

N'es-tu pas de mon avis, Jules ?

> Qu'arriva-t-il ? Depuis ce temps,
> Cette maman, jadis sévère,

5.

Sourit , et même à tous momens
Jules peut embrasser sa mère.

Un baiser, et la paix est faite.

La recette employée par la mère de Jules,
me rappelle un usage du nord de l'Amérique. Qu'une fille fasse une faute, la mère,
au lieu d'avoir recours à une verge, se met
à pleurer ; l'enfant s'informe du sujet de
ses larmes. « C'est parce que vous me désho-
norez : » ce reproche produit un effet in-
concevable. S'il en est autrement, la mère
jette un verre d'eau au visage de son enfant :
ce châtiment est des plus sévères. Au Japon,
on use avec les enfans de la même modéra-
tion.

Jules , posant ses petits doigts sur la
harpe, me fait souvenir, qu'en 1806, on se
portait en foule à l'Odéon , pour entendre
un virtuose de six ans , nommé *Sir Cian-
chetti*, qui exécutait, sur le piano, des fantaisies de sa composition ; de même qu'à
Londres, un enfant de quatre ans jouait un
duo sur deux harpes à la fois.

# La Leçon d'Équitation.

Allez, dada, allez.... Mais, maman, il ne va pas !.. Qu'il est donc désobéissant, ce vilain dada !.. Ah ! bien, il faudra, pour sa peine, le mettre au pain et à l'eau, comme Jules, quand il n'est pas sage... Aye donc, dada !... Si sa maman n'y fait pas attention, tout-à-l'heure l'intrépide écuyer va être désarçonné et roulera par terre.

Le goût des enfans pour les chevaux est bien général. Quand on voulait que le maréchal de Saxe, encore enfant, s'appliquât à l'étude, on lui promettait qu'il monterait à cheval. Mais, si, d'un modeste cheval de carton, je puis me permettre de passer à l'exercice réel du cheval, je dirai que rien n'est plus nécessaire à l'éducation des enfans, que les jeux propres à les rendre robustes. C'est l'opinion de Platon. Je vois que la Fable nous dit que Chiron était demi-homme, demi-cheval, pour nous apprendre que les études et l'exercice se doivent enseigner conjointement. Nos plus grands héros étaient d'excellens écuyers, même dès l'âge le plus tendre. L'élève d'Aristote apprivoisait un coursier qu'un écuyer n'aurait pu domter. Alexandre, adolescent, monta ce fameux Bucéphale, qui avait jusqu'alors eu la réputation d'être indomtable ; il le réduisit, et c'est à ce sujet aussi que Philippe lui dit : «Mon fils, cherche un royaume plus digne de toi, la Macédoine est trop petite. » Dans ces temps modernes, le vicomte de Turenne, âgé seulement de quinze ans, renouvela le trait d'intrépidité d'Alexandre. Mais chez les Grecs, les enfans étaient admis à disputer dans les courses la victoire aux hommes. On voyait à Olympie la statue d'un Damisque, vainqueur à la course dès l'âge de douze ans.

# La Promenade.

Il faut, dès l'âge de deux mois, que les enfans sortent; qu'ils prennent le frais, par quelque temps qu'il fasse. Les nouveaux-nés soutiennent d'ailleurs parfaitement le mouvement des voitures, même le plus rude, sans être jamais incommodés. M. Fourcroy avait imaginé, pour promener ses enfans, un chariot à quatre roues, composé d'un train sur lequel posait solidement, entre quatre chevilles, la corbeille qui servait de lit, et d'un avant-train tournant qui portait une espèce de timon pour conduire le chariot. Dans l'hiver de 1767 à 1768, l'un des plus rudes qu'on ait jamais vus, il avait, suivant son usage, fait promener son fils, âgé de cinq mois, dans ce petit char. Le pauvre petit était endormi, et il faisait un beau soleil. M. Fourcroy ordonna qu'on le laissât dans le jardin, quoique la terre fût

couverte de neige, et qu'il n'eût sur le corps
qu'une brassière de futaine, avec un lange
de même étoffe et une couche. Sur ces entre-
faites, des dames demandent à le voir.
M. Fourcroy alla à la porte du côté du jardin, en disant qu'il allait regarder s'il dor-
mait encore. — Comment, monsieur? dans
le jardin! s'écrièrent-elles, cela n'est pas
croyable!... Le pauvre enfant! et le froid
terrible qu'il fait, et la neige!.. Mon fils n'est
pas couché sur la neige, reprend M. Fourcroy; il est dans une corbeille d'osier, à
jour, recouverte d'un canevas, et posée sur
un char à quatre roues qui sert à le promener : cependant je parie qu'il souffre moins
du froid que nous auprès du feu. L'enfant est
apporté. On s'empresse, en frémissant, de
lever le canevas : on vit cet enfant, vermeil
comme une rose, sourire en apercevant sa
mère, et lui tendre ses jolis petits bras, qui
étaient froids, à la vérité; mais il avait surtout aux pieds une chaleur douce, quoiqu'il
fût resté deux heures dans le jardin.

Les enfans aiment beaucoup à se voir

ainsi conduits dans de petites voitures. Vous voyez, ce petit bambin grimpé sur un charriot antique : sa trop bonne maman se dispose à le traîner ainsi en triomphe. Quoiqu'elle remplisse, au fond, le rôle le moins brillant, et en même temps le plus doux, elle ne paraît pas moins fière que ce cher Jules qui, la verge à la main, déploie et ses grâces enfantines, et son caractère impérieux. Je ne réponds pas cependant que toutes les mères soient aussi complaisantes, et il ne faut pas que M. Jules s'attende à rouler toujours équipage : d'autres petits bons hommes plus importans que lui ont le plus souvent été à pied ; témoin ce trait singulier d'un petit piéton. Alcibiade, étant enfant, jouait, dans une rue, avec des camarades. Un charretier vient à passer ; Alcibiade le prie d'attendre que son jeu soit fini. Le charretier ne l'écoute pas. Alcibiade se jette à terre au-devant des chevaux, et dit au voiturier : «Passe maintenant.» Stupéfait, celui-ci s'arrête.

J'en reviens de nouveau sur l'excellence

des petites voitures pour les enfans. Cet exercice est surtout nécessaire pour ceux qui ne sont point capables encore de marcher ; car autrement, une petite promenade à pied est toujours plus fortifiante. Au reste, je n'avais pas songé à parler du motif pour lequel la mère de Jules traîne elle-même le char de ce cher amour ; elle n'ose en confier les rênes à certaine petite bonne ; car elle sait d'expérience que la trop grande vivacité de ces jeunes filles, ou leur insouciance, a plus d'une fois laissé verser un malheureux char.... Cette idée fait frémir !....

# *L'acte de Bienfaisance.*

LA FONTAINE a dit, en parlant de l'enfance :

Cet âge est sans pitié.

Il avait raison, jusqu'à un certain point. D'où cela vient-il ? de ce que nos plus grands vices, comme dit Montaigne, prennent leurs plis dès notre plus tendre enfance ; de ce qu'il arrive trop soùvent que les enfans battent leur bonne , blessent des animaux, etc. Cette première impunité de malveillance devient très-funeste. Les enfans reconnaissent fort bien ce à quoi ils sont autorisés. Un caprice qui n'est pas soudain puni , dégénère en habitude et ne connaît plus de bornes avec l'âge. Les anciens apportaient le plus grand soin à châtier les premiers penchans au mal. L'Aréopage condamna, par exemple, à mort, un enfant qui prenait plaisir à crever les yeux des oiseaux avec des aiguilles. Notre sévérité ne peut pas tout à fait s'étendre jusque-là. De même, dans une ville de la Finlande, on rapporte qu'un petit enfant qui avait jeté des pierres à un chien, fut attaché à un piloti, avec une plaque de toile noire sur laquelle on lisait, en lettres blanches : *Monstre sanguinaire.* On lui appliqua cinquante coups de fouet, pour servir d'exemple ; car les jeunes enfans de la Finlande avaient coutume de clouer des moineaux, et de les tuer avec des arbalètes. Des punitions de cette dernière espèce sont très-salutaires dans quelques pays qu'on les inflige.

L'humanité naît avec nous ; elle se perfectionne avec le temps, par le sentiment de notre conscience. Le premier devoir de l'humanité consiste à aimer nos proches : il a été pratiqué par les sauvages mêmes ; le second est de s'attacher d'avance à une société à laquelle on doit un jour appartenir ; le troisième enfin , est d'aimer tous les hommes. Oui , notre devoir est d'aimer tous les hommes, surtout les malheureux; car les riches peuvent beaucoup plus se passer de notre amitié que les pauvres. Elle peut être indifférente aux uns, mais elle est toujours précieuse pour les autres : telle est la source de la bienfaisance. Quel spectacle plus touchant que celui d'une jeune fille, dont le cœur s'est attendri à l'aspect d'un vieillard aveugle, dont un jeune enfant guide les pas! L'enfance et la vieillesse, l'innocence et le malheur, que de titres sacrés à la commisération des hommes! Tout me dit que l'argent que vient de donner cette jeune fille est le fruit de ses petites épargnes!..... Mais aussi quel bonheur! en rentrant au logis, combien son cœur est satisfait!... elle a fait une bonne action, tout semble lui sourire; elle trouve, jusque dans le plus petit souvenir, la récompense de cette bonne œuvre! Qui ne se rappelle ce petit nain du roi Stanislas, Bébé! personne ne fut plus bienfaisant que lui. Il avait toujours beaucoup d'argent. Son plaisir était, le dimanche, de remplir ses poches de pièces de six sous, qu'il distribuait. Certainement tant de générosité n'était pas en proportion de sa taille, car mons Bébé était, en naissant, gros comme un rat, sa tête était de la grosseur d'une noix, et sa voix avait la force de celle d'une souris. Louis, alors duc de Bourgogne, dit un jour a M. de Montausier, qui lui demandait quel surnom il choisirait : — « Celui de Père du peuple. » Mais un trait tout récent mérite d'être rapporté. Un enfant de six ans tomba, un jour, du haut du pont Saint-Michel, dans la rivière. Il allait périr. ..... Tout le monde le plaint, et personne ne le secourt. Un enfant de dix ans est attiré par les cris : il s'approche, s'élance dans l'eau, retire à moitié mort le pauvre petit malheureux, et disparaît aussitôt. « Je suis payé, dit-il, je lui ai sauvé la vie. » Et combien d'autres traits de bienfaisance et de piété filiale ne pourrais-je mettre sous les yeux de Jules ! Lui parlerai-je du page de Frédéric, qui secourut sa pauvre mère? de ce page de Charles-Quint, âgé de dix ans, qui vendit le seul cheval qui lui servait de monture, pour nourrir son père, proscrit par l'empereur? de cette jeune Victoire qui, n'ayant rien, vendit ses cheveux pour soulager son père détenu en Angleterre? enfin, de cet enfant de cinq ans, qui, pour parvenir jusqu'à l'auteur de ses jours, prisonnier à Lyon, se glissait sous les bras ou dans les jambes des geôliers, sans en être aperçu? Elle l'embrassait mille fois, pleurait et riait avec lui. Quand elle voyait son père triste et rêveur, elle lui racontait les anecdotes les plus gaies et les plus piquantes. Je ne puis non plus passer sous silence la piété de cette jeune fille de huit ans qui, lors de la révolution, se rendait tous les matins sur la place Louis XV, pour y pleurer sa mère. Elle avait toujours évité les regards. Enfin, un jour, on la remarque; elle est interrogée. « Ma bonne maman, répondit-elle, que j'aimais tant, est morte en cet endroit : ah! ne dites pas que vous m'avez vue pleurer, cela ferait peut-être mourir mon frère et ma sœur! » De pareils traits.

n'arrachent-ils pas des larmes ? Jules , mon cher Jules , voici les enfans qu'il vous faut admirer !.. dont il faudra vous efforcer de s nivre l'exemple. Oui , mon ami , soyez humain , bienfaisant , aimez tous les hommes , afin qu'ils soient humains envers vous , qu'ils puissent tous vous aimer · plus tard , je vous apprendrai la manière de vous conduire avec eux dans les diverses situations de la vie... Mais quant à présent , je n'ai que ces seuls mots à vous dire : « Soyez bon , « toujours bon ; aimez tous ceux qui vous « entourent. »

# Mes adieux à Jules.

Mon bon ami, je ne vous avais pas encore dit ma façon de penser sur la première
éducation que vient de vous donner votre
bonne mère ; elle fait honneur au maître
ainsi qu'à l'écolier. Grâces à ces tendres
soins , vous êtes bien portant, joufflu comme
une pomme, frais comme une rose, gai
comme un pinçon ; vous priez Dieu exactement, vous vous acquittez de tous vos petits devoirs sans murmurer ; vous écrivez
et lisez d'aussi bonne grâce que vous feriez
une partie de cheval ou de tambour. Hier
même votre petite maman vous surprit faisant en cachette une aumône..... C'est fort
bien , mon cher Jules ; mais il faut bientôt
vous attendre à abandonner vos joujous,
pour étudier sur de gros livres bien lourds.
Que de changements à-la-fois ! Mais celui
dont je ne vous ai point encore parlé , le

voici : vous aurez un autre précepteur que votre mère ; cette dernière privation vous paraîtra , sans doute, bien pénible... Vous pleurerez quand il faudra vous en séparer... Quoi ! vous voilà déjà tout chagrin..... Allons , allons , nous verrons cela plus tard... Au reste, le nouveau genre de vie que vous devrez adopter appelle d'avance vos réflexions ; il faut vous y préparer, en étant sage, studieux, aimant.... Adieu, Jules, nous nous reverrons un jour.

# Mon dernier Mot

AUX

## BONNES MÈRES DE FAMILLE.

### TROIS PORTRAITS.

« Je veux qu'elle ait de la conduite,
« Qu'elle ait un caractère égal,
« Et que jamais elle ne quitte
« Ses enfans pour aller au bal. »

Vivre chez soi, ne régler que soi et sa famille; être simple, juste, modeste, tel est le système d'Emilie : elle ignore ce que le grand monde appelle plaisirs; son bonheur est de vivre dans les devoirs de femme et de mère. Uniquement occupée du gouvernement de sa famille, elle règne sur son mari par sa complaisance, sur ses enfans par sa douceur, sur ses domestiques par sa bonté; sa maison est l'asile des sentimens religieux, de l'ordre, de la paix intérieure, du doux sommeil, de la santé. L'indigent qui se présente à sa porte n'est jamais repoussé. Emilie a un caractère de réserve et de dignité qui la fait respecter, de sensibilité qui la fait aimer, de fermeté qui la fait craindre; tout ce que dit, tout ce que fait Emilie a les charmes de la simplicité : seulement elle semble ignorer que la nature l'a favorisée de ses dons les plus rares; enfin, Emilie réunit toutes les qualités qui peuvent faire une parfaite amie, une tendre épouse, une mère sage.

CORNÉLIE était née pour faire le bonheur d'un honnête homme. Nouvelle Cornélie, elle pourrait dire, en montrant ses fils : « Voilà ma parure, mes bijoux. » Qui sait mieux qu'elle tenir sa place dans un cercle,

narrer avec précision, s'exprimer avec grâce ?
Mais tout son esprit ne vaut pas sa vertu.
Cornélie est pieuse, et sa piété ne déplaît
point à son mari. La bienfaisance l'accom-
pagne partout ; elle brave la rigueur des
saisons, la difficulté des chemins, pour aller
secourir des malheureux. Que les hommes
seraient petits, si toutes les femmes ressem-
blaient à Cornélie ! !

Aglaure, quoique femme de qualité, se
plaît à vivre à la campagne, où elle passe
une bonne partie de son temps à se promener, à lire, à méditer. Son époux, qui est
son ami de cœur et le fidèle témoin de sa vie
innocente, n'a cessé d'être amoureux d'elle
depuis le premier jour qu'il la vit. Unis l'un
à l'autre par une vertu solide, par une es-
time réciproque, ils font toute leur joie et
tout leur plaisir. Leur petite famille est si
bien réglée pour les heures de ses occu-
pations et de ses divertissemens, qu'elle

semble une petite république concentrée en elle-même. Ils voient assez de monde pour se retrouver ensuite avec plus de douceur ; et ils vont quelquefois à la ville, non pas tant pour en jouir que pour s'en dégoûter, et pour relever les agrémens de la vie champêtre. C'est ainsi que, chéris de leurs enfans, adorés de leurs domestiques, ils font le bonheur l'un de l'autre, et l'envie, ou plutôt les délices de tous ceux qui les entourent

ADRIEN ÉGRON, IMPRIMEUR
DE S. A. R. MONSEIGNEUR, DUC D'ANGOULÊME,
rue des Noyers, n° 37.

# Petites Tablettes

POUR TOUS LES JOURS DE L'ANNÉE.

# *Calendrier*

## POUR L'AN 1816.

# ARTICLES DU CALENDRIER.

De la création du monde......... 5820
Année de la période Julienne..... 5531
   —depuis la première Olympiade. 2590
   —de l'époque de Nabonassar.... 2563
   —de la fondation de Rome, selon
      Varron..................... 2369
   —de la naissance de Jésus-Christ. 1816

## COMPUT ECCLÉSIASTIQUE.

Nombre d'Or...12   Cycle solaire....5
Epacte......... I   Indict. romaine..4
    Lettres dominicales....G. F.

## FÊTES MOBILES.

Septuagésime........ 11 février.
Les Cendres......... 28 février.
Pasques............. 14 avril.
Les Rogations. ..... 20 mai.
L'Ascension......... 23 mai.
Pentecôte.......... 2 juin.
Fête-Dieu.......... 13 juin.
L'Avent........... 1 décembre.
Dimanches après la Pentecôte...... 25

## QUATRE-TEMPS.

Les 6, 8 et 9 mars.
Les 5, 7 et 8 juin.
Les 18, 20 et 21 septembre.
Les 18, 20 et 21 décembre.

# JANVIER.

Pr. Q. le 7, à 6 h. du s.
Pl. L. le 15, à 1 h. du s.
D. Q. le 21, à 8 h. du s.
N. L. le 29, à 9 h. du m.

# FÉVRIER.

Pr. Q. le 6, à 1 h. du s.
Pl. L. le 13, à 18 m. s.
D. Q. le 20, à 5 h. du m.
N. L. le 28, à 5 h. du m.

| | JANVIER | | | FÉVRIER | |
|---|---|---|---|---|---|
| 1 | lu. | CIRCONCIS. | 1 | je. | s. Ignace |
| 2 | m. | s. Basile, év. | 2 | v. | PURIFICAT. |
| 3 | m. | ste *Genevie.* | 3 | sa. | s. Blaise |
| 4 | je. | s. Rigobert | 4 | *D.* | s. Aventin |
| 5 | v. | s. Siméon | 5 | lu. | s. Agathe |
| 6 | sa. | ÉPIPHANIE | 6 | m. | s. Vast, év. |
| 7 | *D.* | s. Théau | 7 | m. | s. Romuald |
| 8 | lu. | s. Lucien | 8 | je. | s. Jean Ma. |
| 9 | m. | s. Furcy | 9 | v. | s. Apolline |
| 10 | m. | s. Paul, er. | 10 | sa. | ste Scolasti. |
| 11 | je. | s. Théodose | 11 | *D.* | *Septuagés.* |
| 12 | v. | s Fiéjus | 12 | lu. | s. Melece |
| 13 | sa. | B. de N. S. | 13 | m. | s. Lezin |
| 14 | *D.* | s. Hilaire | 14 | m. | s. Valentin |
| 15 | lu. | s. Maur, ab. | 15 | je. | s. Siffoi. |
| 16 | m. | s. Guillau | 16 | v. | ste Julienne |
| 17 | m. | s. Antoine | 17 | sa. | ste Mariann. |
| 18 | je. | Ch. de s. P. | 18 | *D.* | *Sexagesime.* |
| 19 | v. | s. Sulpice | 19 | lu. | s. Gabin |
| 20 | sa. | s Sebastien | 20 | m. | s. Eucher, é. |
| 21 | *D* | ste Agnès | 21 | m. | s Pepin |
| 22 | lu. | s. Vincent | 22 | je. | Ch. s. P. |
| 23 | m. | s. Ildefonse | 23 | v. | s. Damien |
| 24 | m. | s. Babylas | 24 | sa. | s. Mathias |
| 25 | je. | Conv. S. P. | 25 | *D.* | *Quinquage.* |
| 26 | v. | ste Paule | 26 | lu. | s. Pretextat |
| 27 | sa. | s. Julien | 27 | m. | s. Porphire |
| 28 | *D.* | s. Charlem. | 28 | m. | *Les Cendres* |
| 29 | lu. | s. Fra. de S. | 29 | je. | s. Romain |
| 30 | m. | ste Bathilde | | | |
| 31 | m. | s. Pierre N. | | | |

<table>
<tr><td colspan="3" align="center">MARS.</td><td colspan="3" align="center">AVRIL.</td></tr>
<tr><td colspan="3">Pr. Q. le 7, à 4 h. du m.</td><td colspan="3">Pr. Q. le 5, à 4 h. du s.</td></tr>
<tr><td colspan="3">Pl. L. le 13, à 9 du s.</td><td colspan="3">Pl. L. le 12, à 6 h. du m.</td></tr>
<tr><td colspan="3">D. Q. le 20, à 5 h. du s.</td><td colspan="3">D. Q. le 19, à 6 h. du m.</td></tr>
<tr><td colspan="3">N. L. le 28, à 9 h. du s.</td><td colspan="3">N. L. le 27, à 1 h. du s.</td></tr>
<tr><td>1</td><td>v.</td><td>s. Aubin 5 Pl</td><td>1</td><td>lu.</td><td>s. Hugues</td></tr>
<tr><td>2</td><td>sa.</td><td>s. Simplice</td><td>2</td><td>m.</td><td>s. Fra. de P.</td></tr>
<tr><td>3</td><td>D.</td><td>Quadragés.</td><td>3</td><td>m.</td><td>s. Richard</td></tr>
<tr><td>4</td><td>lu.</td><td>s. Casimir</td><td>4</td><td>je.</td><td>s. Ambroise</td></tr>
<tr><td>5</td><td>m.</td><td>s. Drausin</td><td>5</td><td>v.</td><td>N. D. de P.</td></tr>
<tr><td>6</td><td>m.</td><td>Quatre-tems</td><td>6</td><td>sa.</td><td>s. Prudent</td></tr>
<tr><td>7</td><td>je.</td><td>s. Th. d'A.</td><td>7</td><td>D.</td><td>Rameaux</td></tr>
<tr><td>8</td><td>v.</td><td>s. Jean de D.</td><td>8</td><td>lu.</td><td>ste Perpétue</td></tr>
<tr><td>9</td><td>sa.</td><td>ste Françoi.</td><td>9</td><td>m.</td><td>ste Marie</td></tr>
<tr><td>10</td><td>D.</td><td>Reminiscere</td><td>10</td><td>m.</td><td>s. Onésime</td></tr>
<tr><td>11</td><td>lu.</td><td>40 Martyrs</td><td>11</td><td>je.</td><td>s. Léon</td></tr>
<tr><td>12</td><td>m.</td><td>s. Euloge</td><td>12</td><td>v.</td><td>Vend.-Saint</td></tr>
<tr><td>13</td><td>m.</td><td>ste Euphras.</td><td>13</td><td>sa.</td><td>ste Marcelle</td></tr>
<tr><td>14</td><td>je.</td><td>s. Doctrové.</td><td>14</td><td>D.</td><td>PASQUES</td></tr>
<tr><td>15</td><td>v.</td><td>s. Longin</td><td>15</td><td>lu.</td><td>s. Justin.</td></tr>
<tr><td>16</td><td>sa.</td><td>s. Cyriaque</td><td>16</td><td>m.</td><td>s. Paterne</td></tr>
<tr><td>17</td><td>D.</td><td>Oculi.</td><td>17</td><td>m.</td><td>s. Anicet</td></tr>
<tr><td>18</td><td>lu.</td><td>s. Alexand.</td><td>18</td><td>je.</td><td>s. Parfait</td></tr>
<tr><td>19</td><td>m.</td><td>s. Joseph</td><td>19</td><td>v.</td><td>s. Timon.</td></tr>
<tr><td>20</td><td>m.</td><td>s. Joachim</td><td>20</td><td>sa.</td><td>s. Hildegon.</td></tr>
<tr><td>21</td><td>je.</td><td>s. Benoît</td><td>21</td><td>D.</td><td>Quasimodo</td></tr>
<tr><td>22</td><td>v.</td><td>s. Aphrod.</td><td>22</td><td>lu.</td><td>ste Opport.</td></tr>
<tr><td>23</td><td>sa.</td><td>s Pol, év.</td><td>23</td><td>m.</td><td>s. Georges</td></tr>
<tr><td>24</td><td>D.</td><td>Lœtare.</td><td>24</td><td>m.</td><td>s. Marcellin</td></tr>
<tr><td>25</td><td>lu.</td><td>ANNONCIA.</td><td>25</td><td>je.</td><td>s. Marc</td></tr>
<tr><td>26</td><td>m.</td><td>s. Ludger</td><td>26</td><td>v.</td><td>s. Clet, p.</td></tr>
<tr><td>27</td><td>m.</td><td>s. Rupert</td><td>27</td><td>sa.</td><td>s. Polycarpe</td></tr>
<tr><td>28</td><td>je.</td><td>s. Gontran</td><td>28</td><td>D.</td><td>s. Vital</td></tr>
<tr><td>29</td><td>v.</td><td>s. Eustate</td><td>29</td><td>lu.</td><td>s. Robert</td></tr>
<tr><td>30</td><td>sa.</td><td>s. Rieule</td><td>30</td><td>m.</td><td>s. Eutrope</td></tr>
<tr><td>31</td><td>D.</td><td>La Passion</td><td></td><td></td><td></td></tr>
</table>

<table>
<tr><td colspan="3" align="center">MAI.</td><td colspan="3" align="center">JUIN.</td></tr>
<tr><td colspan="3">Pr. Q. le 5, à 18 m. du m.<br>Pl. L. le 11, à 5 h. du s.<br>D. Q. le 19, à 2 h. du m.<br>N. L. le 27, à 3 h. du m.</td><td colspan="3">Pr. Q. le 3, à 5 h. du m.<br>Pl. L. le 10, à 1 h. du m.<br>D. Q. le 17, à 7 h. du s.<br>N. L. le 25, à 2 h. du s.</td></tr>
<tr><td>1</td><td>m.</td><td>s. Jac. s. Ph.</td><td>1</td><td>sa.</td><td>s. Pam. v. j.</td></tr>
<tr><td>2</td><td>je.</td><td>s. Athanase</td><td>2</td><td>D.</td><td>PENTEC.</td></tr>
<tr><td>3</td><td>v.</td><td>Inv. ste Cr.</td><td>3</td><td>lu.</td><td>ste Clotilde</td></tr>
<tr><td>4</td><td>sa.</td><td>ste Monique</td><td>4</td><td>m.</td><td>s. Optat</td></tr>
<tr><td>5</td><td>D.</td><td>Conv. s. Au.</td><td>5</td><td>m.</td><td>Quatre-tems</td></tr>
<tr><td>6</td><td>lu.</td><td>s. Jean P.L.</td><td>6</td><td>je.</td><td>s. Claude</td></tr>
<tr><td>7</td><td>m.</td><td>s. Domitien</td><td>7</td><td>v.</td><td>s. Meriade</td></tr>
<tr><td>8</td><td>m.</td><td>s. Stanislas</td><td>8</td><td>sa.</td><td>s. Medard</td></tr>
<tr><td>9</td><td>je.</td><td>Tr. s. Nic.</td><td>9</td><td>D.</td><td>La Trinite</td></tr>
<tr><td>10</td><td>v.</td><td>s. Soulange</td><td>10</td><td>lu.</td><td>s. Landry</td></tr>
<tr><td>11</td><td>sa.</td><td>s. Mamert</td><td>11</td><td>m.</td><td>s. Barnabé</td></tr>
<tr><td>12</td><td>D.</td><td>s. Pancrace</td><td>12</td><td>m.</td><td>s. Basilide</td></tr>
<tr><td>13</td><td>lu.</td><td>s. Nérée</td><td>13</td><td>je.</td><td>FÊTE-DIEU</td></tr>
<tr><td>14</td><td>m.</td><td>s. Servais</td><td>14</td><td>v.</td><td>s. Basile</td></tr>
<tr><td>15</td><td>m.</td><td>s. Isidore</td><td>15</td><td>sa.</td><td>s. Guy, m.</td></tr>
<tr><td>16</td><td>je.</td><td>s. Honoré</td><td>16</td><td>D.</td><td>s. Ferréol.</td></tr>
<tr><td>17</td><td>v.</td><td>s. Montand</td><td>17</td><td>lu.</td><td>s. Avit</td></tr>
<tr><td>18</td><td>sa.</td><td>s. Félix</td><td>18</td><td>m.</td><td>ste Marine</td></tr>
<tr><td>19</td><td>D.</td><td>s. Célestin</td><td>19</td><td>m.</td><td>s. Gervais</td></tr>
<tr><td>20</td><td>lu.</td><td>Rogations</td><td>20</td><td>je.</td><td>Oct. F.-D.</td></tr>
<tr><td>21</td><td>m.</td><td>s. Hospice</td><td>21</td><td>v.</td><td>s. Leufroy</td></tr>
<tr><td>22</td><td>m.</td><td>s. Auzonne</td><td>22</td><td>sa.</td><td>s. Paulin</td></tr>
<tr><td>23</td><td>je.</td><td>ASCENS.</td><td>23</td><td>D.</td><td>Vigile-jeûne</td></tr>
<tr><td>24</td><td>v.</td><td>ste Jeanne</td><td>24</td><td>lu.</td><td>s. JEAN-B.</td></tr>
<tr><td>25</td><td>sa.</td><td>s. Urbain</td><td>25</td><td>m.</td><td>Tr. s. Elol</td></tr>
<tr><td>26</td><td>D.</td><td>s. Ph. de N.</td><td>26</td><td>m.</td><td>s. Babolein</td></tr>
<tr><td>27</td><td>lu.</td><td>s. Hildevert</td><td>27</td><td>je.</td><td>s. Crescent</td></tr>
<tr><td>28</td><td>m.</td><td>s. Germain</td><td>28</td><td>v</td><td>s. Irén. v. j.</td></tr>
<tr><td>29</td><td>m.</td><td>s. Maximin</td><td>29</td><td>sa.</td><td>s. PIER. s. P.</td></tr>
<tr><td>30</td><td>je.</td><td>s. Hubert</td><td>30</td><td>D.</td><td>Com. s. Paul</td></tr>
<tr><td>31</td><td>v.</td><td>ste Pétronil.</td><td></td><td></td><td></td></tr>
</table>

<table>
<tr><td colspan="3">

## JUILLET.

</td><td colspan="3">

## AOUT.

</td></tr>
<tr><td colspan="3">

Pr Q. le 2, à 9 h. du m.<br>
Pl. L. le 9, à 51 m. du s.<br>
D. Q. le 17, à 55 m. du s.<br>
N. L. le 24, à 11 h. du s.<br>
P. Q. le 31, à 2 h. du s.

</td><td colspan="3">

Pl. L. le 8, à 1 h. du m.<br>
D. Q. le 16, à 5 h. du m.<br>
N. L. le 23, à 7 h. du m.<br>
Pr. Q. le 29, à 9 h. du s.

</td></tr>
<tr><td>1</td><td>lu.</td><td>s. Martial</td><td>1</td><td>je.</td><td>s. Pier. ès-l.</td></tr>
<tr><td>2</td><td>m.</td><td>Visit. N.-D.</td><td>2</td><td>v.</td><td>s. Etienne</td></tr>
<tr><td>3</td><td>m.</td><td>s. Anatole</td><td>3</td><td>sa.</td><td>Inv. de s. E.</td></tr>
<tr><td>4</td><td>je.</td><td>Tr. de s. M.</td><td>4</td><td>D.</td><td>s. Dominiq.</td></tr>
<tr><td>5</td><td>v.</td><td>ste Zoé</td><td>5</td><td>lu.</td><td>s. Yon, m.</td></tr>
<tr><td>6</td><td>sa.</td><td>s. Tranquil.</td><td>6</td><td>m.</td><td>Transfigur.</td></tr>
<tr><td>7</td><td>D.</td><td>ste Aubierge</td><td>7</td><td>m.</td><td>Susc. ste Cr.</td></tr>
<tr><td>8</td><td>lu.</td><td>ste Elisabeth</td><td>8</td><td>je.</td><td>s. Gaétan</td></tr>
<tr><td>9</td><td>m.</td><td>s. Cyrille, é.</td><td>9</td><td>v.</td><td>s. Justin, m.</td></tr>
<tr><td>10</td><td>m.</td><td>ste Félicité</td><td>10</td><td>sa.</td><td>s. Laurent</td></tr>
<tr><td>11</td><td>je.</td><td>Tr. s. Benoît</td><td>11</td><td>D.</td><td>s. Xyste</td></tr>
<tr><td>12</td><td>v.</td><td>Tr. s. Prix</td><td>12</td><td>lu.</td><td>ste Claire</td></tr>
<tr><td>13</td><td>sa.</td><td>s. Turiaf</td><td>13</td><td>m.</td><td>s. Hippolyte</td></tr>
<tr><td>14</td><td>D.</td><td>s. Bonavent.</td><td>14</td><td>m.</td><td>*Vigile-jeûne*</td></tr>
<tr><td>15</td><td>lu.</td><td>s. Henri</td><td>15</td><td>je.</td><td>ASSOMPT.</td></tr>
<tr><td>16</td><td>m.</td><td>N. D. du C.</td><td>16</td><td>v.</td><td>s. Roch</td></tr>
<tr><td>17</td><td>m.</td><td>s. Alexis</td><td>17</td><td>sa.</td><td>s. Mammès</td></tr>
<tr><td>18</td><td>je.</td><td>ste Claire</td><td>18</td><td>D.</td><td>ste Hélène</td></tr>
<tr><td>19</td><td>v.</td><td>s. Arsène</td><td>19</td><td>lu.</td><td>s. Louis. év.</td></tr>
<tr><td>20</td><td>sa.</td><td>ste Marguer.</td><td>20</td><td>m.</td><td>s Bernard</td></tr>
<tr><td>21</td><td>D.</td><td>s. Victor</td><td>21</td><td>m.</td><td>s. Sidoine</td></tr>
<tr><td>22</td><td>lu.</td><td>ste Madelei.</td><td>22</td><td>je.</td><td>s. Symphor.</td></tr>
<tr><td>23</td><td>m.</td><td>s. Appollin.</td><td>23</td><td>v.</td><td>s. Timothee</td></tr>
<tr><td>24</td><td>m.</td><td>ste Christine</td><td>24</td><td>sa.</td><td>s. Barthéle.</td></tr>
<tr><td>25</td><td>je.</td><td>s. Jacq. m.</td><td>25</td><td>D.</td><td>s. Louis</td></tr>
<tr><td>26</td><td>v.</td><td>s. Christop.</td><td>26</td><td>lu.</td><td>s. Zephirin</td></tr>
<tr><td>27</td><td>sa.</td><td>s. Pantaléon</td><td>27</td><td>m.</td><td>s. Césaire</td></tr>
<tr><td>28</td><td>D.</td><td>ste Anne</td><td>28</td><td>m.</td><td>s. Augustin</td></tr>
<tr><td>29</td><td>lu.</td><td>ste Marthe</td><td>29</td><td>je.</td><td>Déc. de s. J.</td></tr>
<tr><td>30</td><td>m.</td><td>s. Ours, év.</td><td>30</td><td>v.</td><td>s. Fiacre.</td></tr>
<tr><td>31</td><td>m.</td><td>s. Germ. A.</td><td>31</td><td>sa.</td><td>s. Ovide</td></tr>
</table>

<table>
<tr><td colspan="3">

## SEPTEMBRE.

</td><td colspan="3">

## OCTOBRE.

</td></tr>
<tr><td colspan="3">

Pl. L. le 6 , à 4 h. du s.<br>
D Q. le 14 , à 7 h. du s.<br>
N. L. le 21, à 3 h. du s.<br>
Pr. Q. le 28, à 8 h. du m.

</td><td colspan="3">

Pl. L. le 6 , à 9 h. du m.<br>
D. Q. le 14 , a 8 h. du s.<br>
N. L. le 21, à 6 m. du m.<br>
Pr. Q. le 27, à 11 h. du s.

</td></tr>
<tr><td>1</td><td>D</td><td>s. Leu s. Gi.</td><td>1</td><td>m.</td><td>s. Remi</td></tr>
<tr><td>2</td><td>lu.</td><td>s. Lazare</td><td>2</td><td>m.</td><td>ss. Anges</td></tr>
<tr><td>3</td><td>m.</td><td>s. Grégoire</td><td>3</td><td>je.</td><td>s. Denis ar.</td></tr>
<tr><td>4</td><td>m.</td><td>ste Rosalie</td><td>4</td><td>v.</td><td>s. François</td></tr>
<tr><td>5</td><td>je.</td><td>s. Victorin</td><td>5</td><td>sa.</td><td>ste Aure</td></tr>
<tr><td>6</td><td>v.</td><td>s. Eleutère</td><td>6</td><td>D.</td><td>s. Bruno</td></tr>
<tr><td>7</td><td>sa.</td><td>s. Cloud</td><td>7</td><td>lu.</td><td>ste Julie</td></tr>
<tr><td>8</td><td>D.</td><td>NAT. N.-D.</td><td>8</td><td>m.</td><td>ste Brigitte</td></tr>
<tr><td>9</td><td>lu.</td><td>s. Omer</td><td>9</td><td>m.</td><td>s DENIS</td></tr>
<tr><td>10</td><td>m.</td><td>s. Nicolas</td><td>10</td><td>je.</td><td>s. Géreon</td></tr>
<tr><td>11</td><td>m.</td><td>s. Patient</td><td>11</td><td>v.</td><td>s. Nicaise</td></tr>
<tr><td>12</td><td>je.</td><td>s. Serdot</td><td>12</td><td>sa.</td><td>s. Donatien</td></tr>
<tr><td>13</td><td>v.</td><td>s. Maurille</td><td>13</td><td>D.</td><td>s. Geraud</td></tr>
<tr><td>14</td><td>sa.</td><td>Exal. ste Cr.</td><td>14</td><td>lu.</td><td>s. Calliste</td></tr>
<tr><td>15</td><td>D.</td><td>s. Nicomède</td><td>15</td><td>m.</td><td>ste Thérèse</td></tr>
<tr><td>16</td><td>lu.</td><td>ste Euphém.</td><td>16</td><td>m.</td><td>s. Gal</td></tr>
<tr><td>17</td><td>m.</td><td>s. Lambert</td><td>17</td><td>je.</td><td>s. Cerboney</td></tr>
<tr><td>18</td><td>m.</td><td>*Quatre-tems*</td><td>18</td><td>v.</td><td>s. Luc , év.</td></tr>
<tr><td>19</td><td>je.</td><td>s. Janvier</td><td>19</td><td>sa.</td><td>s. Savinien</td></tr>
<tr><td>20</td><td>v.</td><td>s. Eustache</td><td>20</td><td>D.</td><td>s. Caprais</td></tr>
<tr><td>21</td><td>sa.</td><td>s. Mathieu</td><td>21</td><td>lu.</td><td>ste Ursule</td></tr>
<tr><td>22</td><td>D.</td><td>s. Maurice</td><td>22</td><td>m.</td><td>s. Melon</td></tr>
<tr><td>23</td><td>lu.</td><td>ste Thècle</td><td>23</td><td>m.</td><td>s. Hilarion</td></tr>
<tr><td>24</td><td>m.</td><td>s. Andoche</td><td>24</td><td>je.</td><td>s. Magloue</td></tr>
<tr><td>25</td><td>m.</td><td>s. Firmin</td><td>25</td><td>v.</td><td>s. Crép. s.C.</td></tr>
<tr><td>26</td><td>je.</td><td>ste Justine</td><td>26</td><td>sa.</td><td>s. Evariste</td></tr>
<tr><td>27</td><td>v.</td><td>s. Côme s.D.</td><td>27</td><td>D.</td><td>s. Frumence</td></tr>
<tr><td>28</td><td>sa.</td><td>s. Céran</td><td>28</td><td>lu.</td><td>s. Simon s.J.</td></tr>
<tr><td>29</td><td>D.</td><td>s. Michel</td><td>29</td><td>m.</td><td>s. Faron</td></tr>
<tr><td>30</td><td>lu.</td><td>s. Jérôme</td><td>30</td><td>m.</td><td>s. Lucain</td></tr>
<tr><td></td><td></td><td></td><td>31</td><td>je.</td><td>*Vigile-jeûne*</td></tr>
</table>

| NOVEMBRE. | | | DÉCEMBRE. | | |
|---|---|---|---|---|---|

Pl. L. le 5, à 3 h. du m. — Pl. L. le 4, à 9 h. du s.
D. Q. le 12, à 7 h. du s. — D. Q. le 12, à 4 h. du m.
N. L. le 19, à 10 h. du m. — N. L. le 18, à 10 h. du s.
Pr. Q. le 26, à 2 h. du s. — Pr. Q. le 26, à 2 h. du s.

| # | Jour | NOVEMBRE | # | Jour | DÉCEMBRE |
|---|---|---|---|---|---|
| 1 | v. | TOUSSAI. | 1 | D. | *L'Avent* |
| 2 | sa. | *Les Morts* | 2 | lu. | s. Franç. X. |
| 3 | D. | s. Marcel | 3 | m. | s. Mirocle |
| 4 | lu. | s. Charles | 4 | m. | ste Barbe, v. |
| 5 | m. | s. Bertille | 5 | je. | s. Sabas |
| 6 | m. | s. Léonard | 6 | v. | s. Nicolas |
| 7 | je. | s. Florent | 7 | sa. | ste Fare |
| 8 | v. | stes Reliqu. | 8 | D. | *Conception* |
| 9 | sa. | s. Mathurin | 9 | lu. | ste Gorgon. |
| 10 | D. | s. Léon | 10 | m. | ste Valère |
| 11 | lu. | s. Martin | 11 | m. | s. Fuscien |
| 12 | m. | s. René | 12 | je. | s. Damase |
| 13 | m. | s. Brice | 13 | v. | ste Luce |
| 14 | je. | s. Maclou | 14 | sa. | s. Nicaise |
| 15 | v. | s. Eugène | 15 | D. | s. Mesmin |
| 16 | sa. | s. Edm. arc. | 16 | lu. | ste Adélaide |
| 17 | D. | s. Aignan | 17 | m. | ste Olymp. |
| 18 | lu. | s. Mandé | 18 | m. | *Quatre-tems* |
| 19 | m. | ste Elisabeth | 19 | je. | ste Meuris |
| 20 | m. | s. Edmond | 20 | v. | s. Philogone |
| 21 | je. | Prés N.-D. | 21 | sa. | s. Thomas |
| 22 | v. | ste Cécile | 22 | D. | s. Cheromon |
| 23 | sa. | s. Clément | 23 | lu. | ste Victoire |
| 24 | D. | s. Séverin | 24 | m. | *Vigile-jeûne* |
| 25 | lu. | ste Catheri. | 25 | m. | NOËL |
| 26 | m. | ste Geneviè. | 26 | je. | *s. Etienne* |
| 27 | m. | s. Vital | 27 | v. | *s. Jean év.* |
| 28 | je. | s. Sosthène | 28 | sa. | ss. Innocens |
| 29 | v. | s. Saturnin | 29 | D. | s. Thomas C |
| 30 | sa. | s. André | 30 | lu. | ste Colombe |
| | | | 31 | m. | s. Sylvestre |

# Souvenir

A PARIS.

# Janvier.

# Levrier.

Mars.

# Avril.

May.

Juin

Juillet

Aout.

# Septembre

Octobre.

Novembre.

# Decembre